AF211436

Francisco Wilando

Die Erde brennt bereits

Wilando´s Mythologie

© 2006 Francisco Wilando
Bildgestaltung: Francisco Wilando, Angelika
Reeg, Petra Appelt
Text: Annemarie Siber, Francisco Wilando
Umschlaggestaltung: Francisco Wilando

Herstellung und Verlag: Books on Demand
GmbH, Norderstedt

ISBN-10: 3-8334-6135-7
ISBN-13: 978-3-8334-6135-4

„Sind es doch meist die falschen Gefühle
die uns leiten
und wir uns zuwenig hinterfragen,
warum wir in gewissen Momenten
so fühlen wie wir fühlen
und ob es Sinn macht,
so zu reagieren wie wir reagieren".

Francisco Wilando

„Aus der rechten Aufgabe erwächst die Freude am Werk, wie bunte Blütenblätter aus einer gesunden Pflanze".
John Ruskin

Inhalt

Dank

Wilando´s Mythologie ist das Ergebnis
einer erfolgreichen Teamarbeit.

Mein besonderer Dank gilt der Autorin AnneMarie Siber, die sehr einfühlsam genau das zu Papier brachte, was ich mit meiner Geschichte erzählen möchte, der Künstlerin Angelika Reeg, die mit viel gestalterischem Gefühl zahlreiche Bilder erstellte, Gerhard Claudius, der mit seiner musikalischen Untermalung, den Sinn der Geschichte, in dem von mir erstellten Video zum Ausdruck brachte, Petra Appelt, meiner Lebenspartnerin, die intuitiv und ohne es zu wissen, neben meiner Arbeit genau die Bilder malte, die in dieser Geschichte die „Nichtfühlenden Fühler" darstellen. Ihr gilt mein innigster Dank, sie unterstützte mich verständnisvoll, gab mir Mut und Zuversicht.

Vorwort

Der letzte goldene Apfel wehrte sich wider die
Natur gegen sein Fallen.

Sich lang ausstreckende Nichtfühlende Fühler
möchten ihn erhaschen, greifen mit aller
Macht nach dem letzten Zeugnis irdischen
Besitzes – doch es ist zu spät – die Erde brennt
bereits.

Die „Nichtfühlenden Fühler" stehen als
Symbolisierung für die alles zerstörende Kraft
in und um uns, deren Auswirkungen
unweigerlich in ein endzeitliches Chaos
führen.

Die Erzählung Ihrer Geschichte beschreibt,
wie aus diesem Chaos Neues, Bleibendes und
Vollkommenes entsteht.

12

Der Anfang

Eigentlich waren sie alle miteinander verwandt, ob sie nun von der Familie der **Verletzten**, der **Verletzenden**, oder der **Gleichgültigen** abstammten.

Als **Habgier** – aus der Familie der Gleichgültigen – und **Neid** – aus der Familie der Verletzten – sich verbanden, entstand **Geiz**.

Geiz hielt an dem fest, was seine Eltern in den Jahren zusammenrafften und war ihr ganzer Stolz. Wohlwollend betrachtete **Habgier** sein gebaren, derweil **Neid** durch ihn Genugtuung empfand.

Sie waren als Familie gemäßigter als **Streitsucht**, die sehr verletzend sein konnte und **Besessenheit**, die sich immer verletzt vorkam, mit ihren Kindern **Hass** und **Wut**, welcher sie – wann immer möglich - aus dem Wege gingen.

Es gab eine alte Geschichte (die keiner mehr richtig kannte und auch niemanden wirklich interessierte), nach der sie alle gemeinsam dem Stamm der **Gleichgültigkeit** abstammten,

14

welcher sich aus schönen Gefühlen entwickelt haben sollte. Jedoch allein die Vorstellung dieser schönen Gefühle verursachte Ihnen derartiges Unwohlsein, dass sie es ablehnten sich über den Ursprung ihrer Existenz Gedanken zu machen.

Daher nur kurz:

Es gab einmal eine Welt voll herrlicher Gefühle, sanft und warm und voller Liebe. Sie behüteten die Bäume mit den goldenen Äpfeln, welche der Erde Licht und Leben schenkten, lange schon bevor es Fühler gab. Mit Bedacht und Umsicht pflückten sie ab und an einen Apfel wenn es nötig erschien, so dass Zeit genug blieb neue wachsen zu lassen und ihr Bestand gesichert war. Unbewusst und geführt von dem Gefühl gegenseitiger Verantwortung, teilten sie miteinander und verwendeten die goldenen Äpfel, ohne sie für persönliche Zwecke zu missbrauchen.

Eines Tages jedoch pflückte **Neugier** – weder in böser Absicht, noch mit schlechtem Vorsatz – einen goldenen Apfel um ihn für sich alleine zu gebrauchen. Sie wollte wissen, was es mit den goldenen Äpfeln auf sich habe, pflückte weitere und hortete sie.

Als nun andere **Gefühle** kamen um diese Erfahrung wie gewohnt zu teilen, fühlte **Neugier** einen unwiderstehlichen Drang diese goldenen Äpfel einzig und allein für sich behalten zu wollen. Die Anderen lächelten nur und ließen sie gewähren.

Als **Neugier** sich eines Tages mit **Sensationslust** verband, entstand daraus **Gleichgültigkeit** – ein Gefühlskind mit dem sie nichts anfangen konnten und dass auch ihnen kein leuchtendes Beispiel entgegen brachte. **Gleichgültigkeit** liebte den Besitz der goldenen Äpfel und hatte auch kein Interesse daran, diese mit den anderen zu teilen und bildete somit den Ursprung der **Nichtfühlenden Fühler.**

Neugier wurde später ein gefeierter Wissenschaftler und **Sensationslust** ein Medienmogul. **Gleichgültigkeit** war es egal und so verband es sich mit **Scheinheiligkeit**.

Aus dieser Verbindung entstand **Macht**, ein Gefühlskind, das wusste wie man Andere manipuliert und Gefühle gezielt für sich und seine Interessen einsetzt. **Macht** verband sich mit **Besessenheit** und diese wiederum brachten Gefühlskinder wie **Herrschsucht** und **Hinterlist** hervor.

Allen folgenden **Nichtfühlenden Fühlern** waren zwei grundsätzliche Eigenschaften gemein:

Egoismus und Gleichgültigkeit.

Macht war ein Industriemagnat und **Besessenheit** ein fanatischer Politiker, der die Diktatur erfand.

Habgier wandte sich **Geiz** zu und fing an ihn der Schuld zu bezichtigen, nichts her zu geben, während **Neid** bei dem Gedanken loderte, wer außer ihr noch einen goldenen Apfel haben könnte. Ihr Blick fiel ebenfalls auf **Geiz,** der alles hortete und niemals teilte.

Gemeinsam versuchten nun **Habgier** und **Neid** von **Geiz** einen Apfel zu erzwingen. Doch auch er hatte alle unnütz verbraucht. Sorgsam hatte er sie gehütet und ihren Wert für ein Vielfaches verkauft. Sein Vorrat war nun aufgebraucht, doch sie glaubten ihm nicht.

Nun kam langsam und unaufhörlich der Augenblick näher, in dem der letzte goldene Apfel fallen musste. Er spürte es und mit aller Macht wehrte er sich, gegen diese unsinnige Bestimmung.

18

Die „Nichtfühlenden Fühler" reckten sich ihm gierig entgegen und in dem verzweifelten Versuch, das Unabänderliche aufzuhalten, hielt er mit aller ihm zur Verfügung stehenden Kraft inne – bis er fiel und die Erde zu brennen begann.

Dies war der Anfang vom Ende.

Es war der Augenblick vor dem sich alle fürchteten, aber nicht wahrhaben wollten. Allen Prophezeiungen zum Trotz jagte jeder für sich hinter Dingen her, die das Leben an sich nicht ausmachten. Sie spotteten über alles, jeder ging seine eigenen Wege und auf niemanden wurde mehr Rücksicht genommen.

„Nach mir die Sintflut" predigten viele und harrten der Dinge die da kommen werden. Solange es mir gut geht, soll es mir Recht sein.

Alles Streben, alles Sehnen hatten sie auf diesen letzten goldenen Apfel fixiert. Das einzige Ziel, welches es sich zu erreichen lohnt – wie sie glaubten.

Herrschsucht benötigte ihn
zu Stärkung ihrer Position,
Habgier zur Mehrung ihres Vermögens,
Neid um mehr Aufmerksamkeit
auf sich zu lenken,
Hinterlist für Täuschungen anderer,
Gleichgültigkeit für ihr Wohlbefinden,
Scheinheiligkeit für ihre Heucheleien,
Hartherzigkeit um ihre Angst zu besänftigen,
Wut für ihren Egoismus,
Hass zu seiner Befriedigung,
Macht für ihre Bündnisse.

Besessenheit für ihr Ansehen,
Raserei zu ihrer Kontrolle,
Verrat für sein vermeintliches Handeln,
Niedertracht zu ihrer Genugtuung,
Gefallsucht für ihr Äußeres,
Geiz zu seiner Beruhigung,
Lüge um besser dazustehen,
Rachsucht für ihre Gewaltakte,
Rücksichtslosigkeit für ihre verbalen
Attacken,
Undank für seine ständigen Forderungen,
Starrsinn für seine Überzeugung.

22

Gefangene ihres unseligen Verlangens, sich blind und verzweifelt streckend, kämpfend gegen jeden, der ihnen den Anspruch streitig zu machen schien, fühlten die **Nichtfühlenden Fühler** nun ihre Qualen und suchten nach einem Ausweg. In der Glut begannen sie sich zu bekämpfen und schürten damit das Feuer, welches nun immer mächtiger und heftiger loderte.

Hätten sie genauer hingeschaut, hätten sie die bizarre Schönheit des Feuers bemerkt. Gleich einem feurigen Wolf – weder gut noch böse – verschonte er nichts und niemanden.

Alles fand ein Ende in ihm und doch lag in seinem Antlitz nichts was einen fürchten ließ – wenn man den Mut fand genau hinzuschauen. Seine Aufgabe war es, einen endgültigen Schlussstrich unter das Gewesene zu ziehen und dies tat er – gleichzeitig hingebungsvoll und ruhig. Wach und doch ohne erkennbare Regung vollendete er das, was kommen musste.

Die Hitze hatte nun einen Punkt erreicht, an dem das Wasser die Temperatur nicht mehr absorbieren konnte und langsam zu kochen begann.

Riesige Wasserblasen entstanden, explodierten und stießen ihre Dampfwolken gen Himmel, die sich wiederum mit denen des Feuers vermischten.

Angst und **Panik** hielten sich aneinander fest in der Hoffnung, dass es bald aufhören würde. Mit weit aufgerissenen Augen sahen sie jedoch wie sich die Wellen immer höher und höher türmten und gleichzeitig unendliche Abgründe zwischen den Wellentälern entstanden. Sie zitterten und bebten vor Angst und plötzlich fiel ihnen die Fortsetzung einer alten Legende ein, in der es hieß –

„Wenn ihr alle Brunnen vergiftet und alle Wälder gerodet habt, wird die Erde sich rächen und ihr werdet merken – dass ihr euer Gold nicht essen könnt!"

Obwohl sie wussten oder doch zumindest ahnten, dass diese Stunde kommen würde, hatten sie sich allem zum Trotz ihren zerstörerischen Begierden untergeordnet und hofften, dass diese alte Legende nur das Geschwätz missgünstiger „alter Gefühle" sei. Doch diese hatten Recht behalten – die Erde schlug nun zurück und das kochende Wasser stand ihnen bereits bis zum Hals.

Nach einer Weile verwandelte sich das Kochen in ein ungeheures und erschreckendes Brodeln und das Jammern und Heulen der **Nichtfühlenden** war beinahe so laut, wie das Getöse des kochenden Wassers.

25

Doch es war noch lange nicht vorbei.

Durch die Hitze des Feuers hatte der Himmel eine purpurne Farbe angenommen und man konnte ahnen, welch ungeheure Kräfte da am Werke sein mussten.

Diese Vorstellung war so Ungeheuerlich, dass sich alle weigerten den Gedanken weiter zu spinnen. Kaum einer von ihnen hatte sich mit dem Schicksal abgefunden und so versuchten sie verzweifelt zwischen der brennenden Erde und dem kochenden Wasser einen Ausweg zu finden – den es nicht mehr gab.

Sie rannten und drängten zwischen denen hin und her die regungslos da standen und warteten, was weiter geschehen würde.

Keiner interessierte sich mehr für den anderen und jeder haderte nur noch mit seinem eigenen Schicksal.

So wie **Hinterlist** – sie gehörte zu einer der Ersten, die in der Glut vergingen. Sie – welche die Fühlenden durch arglistige Täuschung um Hab und Gut brachte.

Sie – die ihnen wieder und wieder den goldenen Apfel streitig machte, jedoch niemals offen und ehrlich in ihrem Begehren war, sondern es immer sorgsam versteckte und andere vorschob. Sie – die andere anprangerte, für Dinge die sie selbst zu verantworten hatte. Sie – die rücksichtslos Freundschaften und Vertrauen ihrer Ziele wegen zerstörte und als es für sie zu spät war schrie sie lauthals um Vergebung – doch nicht mit wahrem Herzen.

Gleichgültigkeit folgte ihr.

Entsetzt sah sie was geschah. Sie – die das Leid anderer niemals berührte, solange es nur ihr gut ging. Sie – der alles egal war, was sich um sie herum abspielte. Sie – die nur spottete und die Spaßgesellschaft gut fand.

Wie oft hatte **Sensibilität** versucht Verständnis in ihr zu wecken, ihr immer und immer wieder geschildert, was Gleich-gültigkeit bewirke und welche Folgen dies hatte – doch vergeblich.

Selbst in diesem Augenblick verstand sie nicht, was ihr angetan wurde aber dem Feuer war es vollkommen gleichgültig – als es sie verschlang.

Als nächstes traf es **Scheinheiligkeit**.

Um die goldenen Äpfel zu erhalten, hatte sie als Sektenführerin ihren Anhängern Gefühle vorgeheuchelt, welche sie nicht im Mindesten empfand.

Sie hatte Religionen gegründet und vertrauensvolle Menschen um sich versammelt, an das was sie Glauben aber im innersten spottete. Jedem heuchelte sie Gefühle wie Verständnis, Mitleid, Einsicht und Betroffenheit vor, die sie selbst nicht im Mindesten empfand und blendete Jedermann mit ihrem falschen Schein. **Wahrhaftigkeit** appellierte wieder und wieder, um ihr verständlich zu machen, dass dies der falsche Weg sei, doch blendete sie diese so lange bis sie vom falschen Schein langsam zerstört wurde. Mit entstelltem Lächeln leckte sie sich ihre goldenen Finger, während sie langsam verging.

Hartherzigkeit verliert ihre Gitter.

Einst ein fühlendes Herz hatte sie nach und nach, zum Schutz gegen die **Nichtfühlenden**, Zuflucht hinter Gittern gesucht und war so, selbst zu einem **Nichtfühlenden Fühler** geworden. Niemanden ließ sie mehr an sich heran – ob fühlend oder nicht. Zu übermächtig war die Zahl der **Nichtfühlenden Fühler** geworden und zu groß ihre Angst davor, verletzt zu werden. Im Schutz ihrer einsamen Barriere wies sie jeden Hilfesuchenden barsch ab. Die Hitze des Feuers machte auch vor ihrem Gitter nicht halt und zitternd sah sie, wie es zu schmelzen begann. Schutzlos war nun ihr Herz, bis es in einem hellen Leuchten, zu einem Teil der Flammen wurde. Befreit seufzte sie auf, als sie verging.

Nun war **Habgier** an der Reihe.

Was immer Habgier besaß, es war ihr nicht genug. Was immer sie nicht besaß, sie musste es haben.

Ob sinnvoll oder nicht spielte keine Rolle und der Preis ebenfalls nicht. Der Besitz allein zählte. **Bescheidenheit** hatte keine Chance zu ihr durchzudringen. Wann immer sie es versuchte, sie war immer damit beschäftigt, etwas Neues in ihren Besitz zu bringen. Während die Flammen sich weiter und weiter ausbreiteten versuchte Habgier noch ein letztes Mal alles zu bekommen, was sie nicht besaß.

Im allerletzten Moment hielt sie inne und begriff – doch auch für sie war es bereits zu spät.

Es folgte Wut.

Einer ihrer Eltern war **Schmerz**. Ihre Kinder – **Hass** und **Raserei** – hatte sie bereits aus den Augen verloren und dies machte sie unsagbar wütend. Auch sie war – wie alle **Nichtfühlenden Fühler**, der festen Überzeugung, dass nur ihr allein der goldene Apfel zustünde. Lauthals schrie sie vor Zorn und suchte für ihre unerträgliche Situation einen Schuldigen. Erfolglos hatte **Vergebung** versucht die Tobende zu beruhigen um mit ihrer warmen sanften Stimme Linderung zu verschaffen – ihr Herz zu heilen. Doch sie erhielt kein Gehör wurde übertönt und gab schließlich auf.

So schrie und tobte Wut auch jetzt. Zornig hoffend, dass es helfen würde – und schmolz dahin.

Der **Hass**.

Das unheimliche Feuer in ihm loderte so heftig, dass er – ganz im Gegensatz zu den anderen – die äußere Glut kaum spürte.

Die Schmerzen seiner Vorfahren hatte er zu seinen eigenen gemacht und sich selbst das Recht erteilt dafür zu verurteilen. Alle waren sie ihm widerwärtig und er betrachtete jeden als seinen Gegner. Einzig der goldene Apfel sollte ihm Befriedigung bringen.

Indem er anderen alles wegnahm, konnte er seine innere Glut zwar nicht auf Dauer, doch wenigstens für einen kurzen Moment lindern.

Sein größter Feind war **Liebe** gewesen und sie war ein starker Gegner. Oft genug hatte er beinahe aufgegeben, doch die innere Glut war stärker als alles andere und so unterlag auch **Liebe** am Ende und kapitulierte vor ihm. Es war sein wahrlich größter Triumph, doch war der Genuss nur von kurzer Dauer und er begann sich selbst dafür zu hassen.

Nun war seine letzte hasserfüllte Genugtuung nur noch dass keiner entkommen würde, während das Feuer der Erde sich mit seiner Glut vereinigte und er schließlich verging.

In seinem letzten Moment spürte er eine Leichtigkeit, die ihn fast glücklich sein ließ.

Nun war **Neid** an der Reihe.

Wie konnte es sein, dass er jetzt vergehen sollte, da noch so viele andere übrig waren? Alles hatte er geneidet – ob gut oder schlecht.

Dank **Habgier** konnte er sich in den Besitz aller Dinge bringen, die er bei anderen als wichtig ansah und **Geiz** sorgte dafür, dass diese auch nicht mehr abhanden kamen. Sein ganz persönlicher Feind zu Zeiten der „Fühlenden Fühler", war **Gönnen** gewesen. Doch nachdem er ihm all seiner Güter beraubte und seinen Freunden entfremdet hatte, gab es nichts mehr zu gönnen. Neidisch sah er nun, dass er jetzt vergehen würde und dachte in seinem letzten Moment – „Warum ich und nicht ihr?"

Macht und Besessenheit traf es gleichzeitig.

Zwischenzeitlich war ihnen bewusst geworden was geschah – geschehen musste. Der Tag an dem **Macht** und **Besessenheit** aufeinander trafen und **Besessenheit**, **Macht** davon überzeugte, dass alles auf der Welt ihnen gehören müsste, war der Moment gekommen, als das Ende seine rasende Talfahrt begann. Sie waren als Verbündete durch ihren rücksichtslosen Verbrauch dafür verantwortlich, dass nun keine Zeit mehr blieb das Rad zurück zu drehen. Ihr unheilvoller Bund verhieß ihnen eine Stellung über allen anderen und sie schreckten vor nichts zurück, um ihre Ziele zu erreichen. Geld, Waren und Ansehen war ihnen das Wichtigste. Ohne Bedauern wurden Urwälder abgeholzt und zu unwichtigem Tand verarbeitet. Jeder Einwand, dass es Konsequenzen haben würde, wischten sie mit großer Geste beiseite. **Einsicht** wurde ignoriert und wer nicht schweigen wollte – wie **Gewissen** – wurde vernichtet. Selbst als Flutkatastrophen, Ozonlöcher und die globale Erderwärmung die Folgen ihres Handelns deutlich machten, ließen sie nicht davon ab. Sie waren die Manipulatoren und damit die Dirigenten der tödlichen Untergangssymphonie. Jetzt schauten sie sich unschuldig an – und schmolzen dahin.

Raserei verging unbemerkt –
trotz aller lauten Theatralik.

Sie war aus ähnlichem Holz geschnitzt wie **Wut**. Derweil jedoch **Wut** noch über Kalkül verfügte und ihre Stimme häufig gezielt eingesetzt hatte, fehlten **Raserei** jedwede Kontrollmechanismen. Sie hatte amoklaufend so manches Leben zerstört, wenn die unheilvollen Einflüsterungen von **Wut**, **Hass**, oder anderen, ihren Zorn zielgerichtet entfacht hatten.

Besinnung war eine der ersten, welche von ihr niedergemäht wurde und **Menschlichkeit** schleuderte sie ein höhnisches Lachen entgegen, bevor sie diese vernichtete.

Wie **Hass**, spürte sie die Flammen kaum und war nicht in der Lage zu erkennen, was geschah. Ihr Toben und Schreien war den Umstehenden so ungeheuerlich, dass sie sie geflissentlich ignorierten.

Was auch weiter nicht schwer fiel, da selbst ihr Getöse, gemessen an dem was nun geschah, mittlerweile einem Rauschen gleichkam.

So verging sie, ohne dass man weiter Notiz von ihr nahm.

Verrat versuchte sich hinter den anderen zu verstecken und suchte nach einem Ausweg.

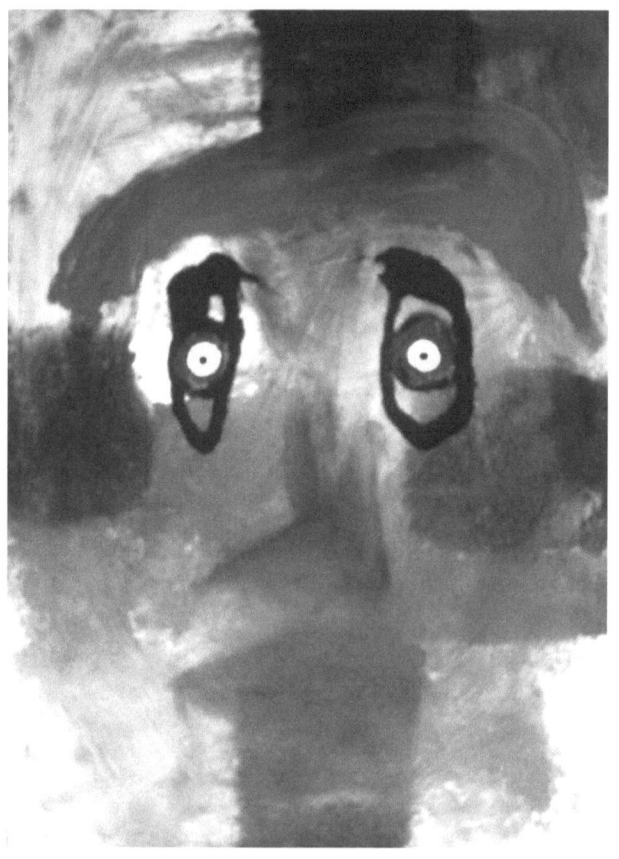

Wann immer es ihm sinnvoll erschien, hatte er nur eines im Sinn – die **Fühlenden** im Stich zu lassen und die Seiten zu wechseln.

Dankbar war er **Macht** und **Besessenheit** gefolgt, in dem Wunsch, sich in deren „Schein" zu sonnen.

Immer wieder beteuerte er **Ehre** und **Vertrauen**, dass sein Handeln dem Zwecke dient und daher sinnvoll war.

Als kleiner Angestellter hatte er es bis in die Spitze der Gewerkschaften gebracht – und da wollte er keinesfalls weg, da hier für ihn alles greifbarer schien.

Macht hatte leichtes Spiel mit ihm. **Bedauern** fand zwar Gehör, doch die Wirkung war weder intensiv genug, noch von langer Dauer.

Nun suchte er Schutz hinter seinen ehemaligen Verbündeten, doch auch für ihn – war es bereits zu spät.

Niedertracht verspürte Genugtuung
wann immer sie verletzen konnte.

Jede Gelegenheit hatte sie zwanghaft
wahrgenommen, um die **Fühlenden** zu treffen.
Ihr Agieren geschah heimlich, nicht so offen
wie bei **Hass**, doch wurde sie durch die
gleiche tiefe Abneigung gegen jeden
Fühlenden geleitet wie er. Ihr ging es weder
um Status, noch um Geld – sie konnte es

einfach nicht ertragen, wenn **Harmonie**, **Glück** oder **Frieden** sie berührten.

Diese Gefühle verursachten in ihr solchen Widerwillen – dass sie es einfach zerstören musste und noch während sie verging, bereitete es ihr Vergnügen das Leiden der anderen zu sehen.

Gefallsucht trachtete selbst jetzt noch nach ihrem Äußeren.

Hohl und wertlos plapperte sie Phrasen nach, war jedem Trend gefolgt und schaute nur verständnislos, wann immer sie wahren Gefühlen begegnete. Ihr einziges Glück waren Komplimente. Falsche oder echte machte für sie keinen Unterschied – sie nahm sie wie sie kamen. Ihre Haut musste glatter sein, ihre Garderobe teurer und eleganter. Dass Tiere durch Experimente leiden mussten, oder gar für ihre Pelze starben, war ihr rundweg egal. Kritiklos predigte sie die Ausreden der Industrie. Wie viele goldene Äpfel es kostete interessierte sie ebenfalls nicht und auch in ihren letzten Sekunden galt ihre einzige Sorge ihrer wertlosen Hülle – bis diese – langsam dahin schmolz.

Geiz hält an seinen
wertlosen Besitztümern fest.

Er bemerkte sehr wohl was um ihn herum vorging und je weiter der Untergang fortschritt, umso mehr trachtete er danach, nichts hergeben zu müssen. Wie oft schon hatten **Fühlende** versucht, ihn zum Teilen zu bewegen – wie oft schon hatten sie an sein nicht vorhandenes Mitgefühl appelliert – doch dies interessierte ihn in keinster Weise. Er hatte Furcht davor seinen wertlosen Tand herzugeben, denn er war viele Wege gegangen, um seine Besitztümer anzuhäufen. Niemals war er zufrieden und glaubte es läge einzig daran, dass er noch nicht genug habe. Wie sehr hatte es ihn getroffen, als ihn **Nichtfühlende Fühler** als „Habenichts" verspotteten und zu groß war seine Furcht vor diesem Spott, als dass er mit anderen hätte teilen wollen. Mit jedem Stück mehr wuchs seine Sorge, etwas von seiner Habe zu verlieren und obwohl er den Untergang hätte hinauszögern können teilte er nichts, sondern eignete sich zur Sicherheit, noch mehr davon an.

Ängstlich umklammerte er all seinen Besitz und noch während seine Krämerseele verging, versuchte er – alles zu schützen.

Lüge versucht zu entkommen.

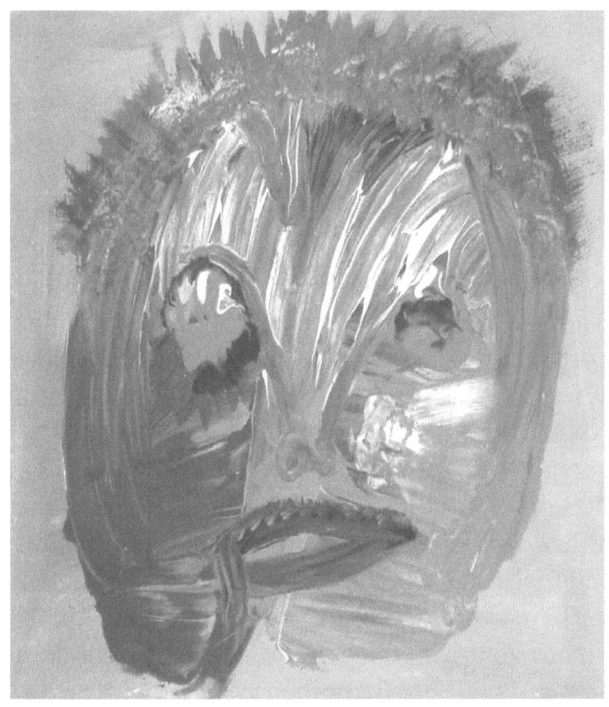

Wahrheit war ihr fremd   und „der Zweck heiligt die Mittel" – ihr Lebensmotto.

Sie missbrauchte ihre Talente und Kreativität, um sich so viel wie möglich unnütze Reichtümer zu erschleichen.

Dafür stellte sie sich als Verbündete, **Hinterlist, Scheinheiligkeit, Habgier** und vielen anderen zur Verfügung, die sich wiederum ihrer bedienten, um ihre Ziele zu erreichen.

Lüge stand das kochende Wasser bereits bis zum Hals, doch noch immer verleugnete sie das Unabwendbare – sie konnte einfach nicht anders.

Mit beinahe fröhlicher Stimme rief sie den anderen „Nichtfühlenden Fühlern" zu, wie angenehm kühl es bei ihr sei.

Wann immer es notwendig erschien beteuerte sie Unwahres, schwor Meineide und verdrehte die Wahrheit, bis diese nicht mehr existierte.

Wann immer man sie überführte tat sie es verniedlichend als – „Flunkerei" ab und als das Feuer sie erreichte, weinte sie bitterlich – verlogene Tränen.

Rachsucht fühlte sich trotz allem
noch sehr wohl in ihrer Haut.

Je weiter das Feuer voran schritt und je lauter die Schreie wurden, desto zufriedener fühlte sie sich.

Einst durch **Verrat** betrogen, war sie **Lüge** zum Opfer gefallen und rächte sich seither an jedem **Fühlenden**, der einen goldenen Apfel besaß.

Sie war einer der getreuesten Gefolgsleute so manches **Nichtfühlenden Fühlers** gewesen.

Jeder, der ihr Schuldige aufzeigte fand ihr Gehör und was auch immer dann notwendig erschien um jenen zu schaden, war ihr recht.

Zu ihrer größten Genugtuung sah sie nun, wie um sie herum alles verging und wie sich viele verzweifelt zu wehren versuchten.

Mit Vergnügen stieß sie jetzt noch so manchen in das Feuer, bei dem sie glaubte sich rächen zu müssen.

Doch auch sie und ihr Wahn fanden in dem flammenden Inferno ein Ende.

Rücksichtslosigkeit
findet das verdiente Ende.

Brutal und grausam hatte sie sich immer wieder der goldenen Äpfel bemächtigt.

Ob als Politiker, oder Geschäftsmann, sie hieß jede Maßnahme für gut und war vor keiner Gewalttat zurück geschreckt, die sie in den Besitz der begehrten goldenen Äpfel brachte.

Wie viel Gewalt auch nötig war – es spielte keine Rolle – nur das Resultat zählte.

Wieviel Leben es auch kostete – Hauptsache der Nutzen für sie überwiegte.

Wann immer notwendig, entledigte sie sich – auch ohne Bedauern – ihrer Gefolgschaft.

„Wie kann die Erde nur so rücksichtslos zu mir sein!" schrie sie, als sie im Feuer der Erde umkam.

Undank sucht Schutz.

Weit weg in der Vergangenheit lag der Tag, als **Mitgefühl** ihm einst einen goldenen Apfel schenkte und den er mit scheinbarer Dankbarkeit annahm.

Nachdem er jedoch auf den Geschmack gekommen war, forderte er mehr und mehr – bis **Mitgefühl** aufgebraucht war.

Von da an wandte er sich anderen zu, um zu fordern und mit den Jahren war er immer fordernder geworden. Was immer er haben wollte – man hatte es ihm zu geben und wer ihm das Gewünschte verweigerte, dem schickte er **Rachsucht** auf den Hals.

„Ist doch selbstverständlich, oder?" und „Das habe ich doch verdient!" sagte er sich innerlich jeden Tag aufs Neue.

Was immer ihm gegeben wurde, ob Gefühl oder Besitz – er nahm es, ohne Dank und voller Überzeugung, dass es ihm zustünde.

„Ich bin euch doch immer so dankbar gewesen!" schrie er, als das Feuer ihn überrollte.

Herrschsucht findet keine Gefolgsleute.

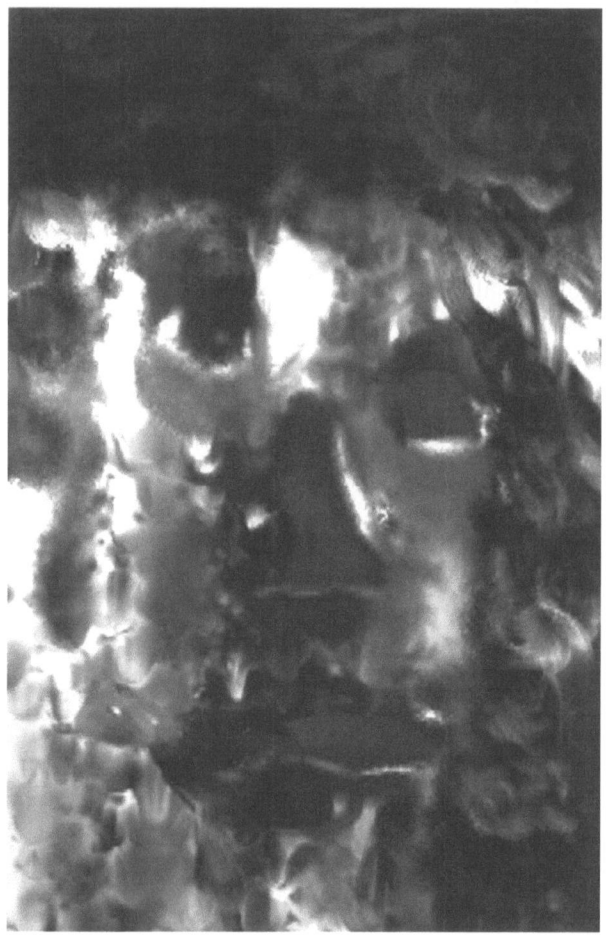

Überzeugt davon, dass sie alles besser wisse und auch könne, fand sie sich dazu berufen, über alles zu regieren.

Bereitwillig ging sie über Leichen, benutzte **Verrat** und **Lüge**, um über andere herrschen zu können.

Überall witterte sie Feinde, die ihr ihre Position streitig machen könnten und war nur zufrieden, wenn man ihr kritiklos gehorchte und ihren Entscheidungen schmeichelte.

Als die Erde anfing zu brennen, scheuchte sie ihre Gefolgschaft auf, ihr den letzten goldenen Apfel zu holen.

Im Glauben, dass dies sie retten würde bemerkte sie bis zur letzten Sekunde nicht, dass dadurch das Ende nur beschleunigt wurde.

„Ich habe doch immer nur euer Bestes gewollt!" schrie sie – kurz bevor sie umkam.

Starrsinn hatte sich einen Platz gesucht und harrte der Dinge, denn er wollte es einfach nicht einsehen – um keinen Preis!

Die wenigen Dinge, von denen er überzeugt war, waren für ihn unerschütterlich und jeder der dagegen anging, bekam seine Wand zu spüren.

Anfangs war sie dünn und immer wieder von **Einsicht** durchbrochen worden, doch im Laufe vieler Jahre hatte er sie so fest gemauert, dass **Einsicht** daran zugrunde gegangen war (was ihm große Befriedigung verschaffte).

Jetzt stand er an dem von ihm gewählten Platz – nicht erkennen wollend, was geschah – voller Überzeugung, dass Ausharren der einzig richtige Weg sei – während er verging.

Hoffnung war verzweifelt und stets begleitet von Angst und Sorge.

Es hieß, sie war die letzte **Fühlende**, die gestorben sei.

Das Ende

Noch lange war das Jammern und Schreien der **Nichtfühlenden Fühler** zu hören – während sie nach und nach vergingen. Selbst als ihr letzter Ton verklungen war, dauerte es noch eine geraume Weile bis es den Anschein hatte, dass der Nachhall ihrer unseligen Existenz verklang und das Getöse langsam leiser wurde.

Langsam und erschöpft begann die Erde sich zu beruhigen und die Hitze ließ nach.

Erst langsam und schwach, doch mehr und mehr an Kraft gewinnend – begann nun die Erde sich ihr geraubtes Gold zurück zu holen.

Die dumpfe Stille nach dem furchtbaren Kampf zuvor, wich nun einem immer gewaltiger werdenden Rauschen und aus dem Rauschen wurde ein fröhliches Glucksen – und immer schneller vereinte die Erde ihr geraubtes Gold.

Jetzt kam der letzte goldene Apfel und ihm folgte eine kleine Pause – es war, wie ein kurzes Atem schöpfen.

Ein leichtes, noch schwaches Licht, fing an die Oberfläche zu erhellen und mit jedem Augenblick gewann es an Kraft und Intensität – und plötzlich – geschah ein kleines Wunder. Der erste wahre Lichtstrahl erschien … gefolgt von einer glückseligen und befreienden Erschütterung. Für eine kleine Ewigkeit tauchte der Schein die Oberfläche in blendende Helle und erst nachdem diese langsam nachließ – konnte man den Sternenhimmel wieder erkennen.

Innerhalb weniger Sekunden überzog plötzlich ein glitzerndes Licht das Firmament und es folgte die nächste Erschütterung – begleitet von einem bunt strahlenden Lichtschein.

Das Unmögliche war möglich geworden.

Liebe war zurückgekehrt.

In ihrer reinen, ureigensten Form überstrahlte und erhellte sie die Dunkelheit.

Es klang nach dem warmen Lachen einer Mutter, die ihr Kind umarmt – glücklich über dessen Existenz.

Nach dem fröhlichen Lachen zweier Freunde, die sich nach langer Zeit wieder umarmen können.

Nach dem seligen Lachen zweier Liebender, die in ihrer Gemeinsamkeit die Vollständigkeit ihrer Existenz erkennen.

Nach dem atemlosen Lächeln aller Wesen, die das Wunder der Natur bestaunen und von Ihrer Schönheit jedes Mal aufs Neue überwältigt sind.

Liebe – der Ursprung aller schönen Gefühle, zog alles andere nach sich und die erste die ihr folgte war – **Mitgefühl**.

Ihre leise Stimme linderte Schmerzen wie ein kühles Tuch auf heißer Wunde. Sie tröstete die Trauernden und spendete den Armen. Sie half den Gefallenen wieder auf – trocknete Tränen – und sprach mit den Einsamen. Sie kam Hand in Hand mit **Hoffnung**, denn gemeinsam brachten sie Licht in die dunkelsten Augenblicke. Wann immer eine Situation ausweglos erschien – Kummer und Sorgen sich als dunkles Tuch über die schönen Gefühle legten – waren **Mitleid** und **Hoffnung** zur Stelle um das erdrückende Tuch zu heben und den Blick in Richtung des Lichtes zu lenken.

Leichten Fußes tänzelnd erschien **Freude.**

Sie sah in einem Regentag wie die Pflanzen wuchsen und tanzte dazu lachend mit den Regentropfen um die Wette. Wenn die Nachbarn ein Fest hatten, feierte sie mit ihnen. Wenn jemand **Glück** hatte, war sie die erste die gratulierte. Wann immer jemand Pech hatte, schenkte sie ihm ihr ermunterndes Lächeln. Anstatt sich am Unglück anderer zu erfreuen, verschenkte sie ihr Lachen und vertrieb die trüben Gedanken. Ihr Lachen ließ die Sonne noch mehr strahlen und machte den tristen Alltag behaglich.

Zufriedenheit gesellte sich hinzu.

Nach aller Aufregung und Unruhe, deren Ursache sowohl im Verlust, als auch in der Wiederkehr der wunderbaren Gefühle lag, traf nun endlich **Zufriedenheit** ein. Dank ihrer Ausgeglichenheit wurde es ein wenig ruhiger und auch **Freude** drückte sich nun in etwas leiseren Tönen aus. **Zufriedenheit** war die Rast, die nötig war, um wieder gestärkt an neue Herausforderungen herangehen zu können. Ohne sie waren alle von Ehrgeiz getrieben und ohne innere Ruhe, von einem Erfolg zum nächsten gejagt. So schön diese kurzfristige Euphorie auch gewesen sein mag – auf Dauer hatte die Jagd danach alle Reserven aufgefressen.

Bescheidenheit erschien still strahlend.

Sie verhinderte, dass andere sich verletzt fühlten, wenn der Glanz Einzelner zu übermächtig erschien. Sie milderte den Schein und machte den Anblick für bekümmerte

Augen erträglich, speziell dann, wann immer sie **Mitgefühl** und **Hoffnung** beschäftigt sah.

Dankbarkeit hob plötzlich ihr lächelndes Antlitz.

Sie fing alles Schöne an sie gerichtete auf und gab es um ein Vielfaches an den Spender zurück. Dadurch verhinderte sie nicht nur ein Verblassen der verschenkten Strahlen, sondern half diese zu erhalten und zu mehren.

Mut traf erhobenen Hauptes ein.

Er war die Kraft, die aufrichtete und Ängste überwand, um das zu tun was notwendig war, ohne die Gefahren zu verkennen. So manche Gefühle waren dank ihm über sich selbst hinaus gewachsen und hatten aus Sackgassen heraus neue Wege betreten, die sich ihnen sonst verschlossen hätten.

Durch die Verbindung von **Liebe**, **Freude** und **Zufriedenheit**, entstand ein weiteres wunderbares Gefühl – **Glück.**

Es barg eine ungeheure Kraft in sich. Ruhig, zufrieden und voller Liebe schauend, strahlte es stille Freude aus, die niemanden unberührt ließ.

Als letztes folgte **Harmonie.**

Mit ihrem ausgleichenden Wesen sorgte sie dafür, dass aus dem Missklang zerbrochener Töne, leiser Stimmen und lärmender Übermacht, wieder eine melodische Einheit entstand. Sie verhinderte Missverständnisse, beruhigte aufgebrachte Gefühle, glättete Wogen des Überschwanges. Sie sorgte dafür, dass jedes Gefühl seinen Platz im Gefüge erhielt und keines so übermächtig wurde, dass es die anderen unterdrückte. Durch sie entstand ein Netz von Gefühlen, die miteinander, ohne Einengung oder gar Zwang verbunden waren.

Nach und nach nahm das neue Gefüge Gestalt an, weitete sich aus und verbreitete sich auf der gesamten Oberfläche. Herrliche Farben bezeugten die Existenz der wundervollen Gefühle und tauchten die neue Welt in ein prachtvolles Farbenmeer. Alles fand nach und nach seinen Platz.

Das Blau im Meer mit seiner kühlen tiefen Ruhe – ohne Erschöpfung und erstarrender Kälte.

Das Grün in den Wäldern voller Wachstum und Leben – ohne übereifriges Streben und vernichtendes Wuchern.

Das Gold im Sande, in seiner schmeichelnden Wärme – doch ohne hitzige Gier.

Das Gelb im Sonnenaufgang, dem hoffnungsvollen Neubeginn – ohne festhalten an altem, verbrauchtem oder gewaltvollem Trennungsschmerz.

Das Rot im Sonnenuntergang, als gefühlvolles Ende eines Zyklus – ohne Resignation oder Zusammenbruch.

Die Kreise dehnten sich, zogen weiter hinaus und aus den Wirbeln dieser positiven Energie entstanden schmetterlingsgleich neue Welten. Voll schillernder Gefühle bewegten sie sich aufeinander zu.

Durch **Harmonie** – gleich einem Dirigenten – in lebendigem Gleichklang gehalten, wandelte sich ihr farbloses Schillern nach und nach in eine gewaltige Farbenpracht. Alles verschmolz zu einem gigantischen Farbenmeer – gleich dem Ursprung und doch anders.

Mut verhalf Großzügigkeit die Liebe zu verbreiten. **Dankbarkeit** nahm sie an und leitete sie an **Mitgefühl** und **Hoffnung** weiter, während **Harmonie** darüber wachte, dass sie jeden erreichte und keiner von ihr alleinig Besitz ergriff.

Glück erhellte alles und **Bescheidenheit** sorgte in besänftigender Weise dafür, dass sein Strahlen niemanden blendete.

Die Gefühle waren zurückgekehrt –

gehaltvoller als je zuvor. Geboren durch die Herzen der **Fühlenden**, doch darüber hinaus nun existierend als die Verknüpfung aller herrlichen Gefühle. Voll lebender Träume, die sich lächelnd zuwinken und im warmen Strahlen der Liebe und des Respekts nicht mehr nach dem Sinn fragen.

Sie leben ihn – GEMEINSAM!

Wenn ihnen die Geschichte gefallen hat,
sollten sie nicht versäumen, sich das
Original als Geschenkband zu besorgen.

Es enthält 174 Seiten, davon 70 Seiten in
Farbe und 15 in schwarz weiß. **Preis 39,90 €**

Die farbig gestalteten Seiten lassen sie in das
Kunstwerk des Verfassers eintauchen und die
Geschichte noch hautnaher erleben. Der
Einband ist in Hardcover kaschiert, hat ein
Lesebändchen eingebunden und trägt eine
hochglänzende Oberflächenveredelung, die
das Buch gegen Schmutz und Abrieb schützt.

Herstellung und Verlag:
Books on Demand GmbH, Norderstedt
ISBN: 3–8334–3976–9

Zu bestellen in jeder Buchhandlung oder direkt
über: www.wilando.de

Video zum Buch auf DVD

Das **Video** (auf DVD) führt sie mit bewegten Bildern und Animationen durch die Geschichte und ist mit einem wunderbaren, modernen Soundtrack untermalt der sie die Geschichte so oft sie möchten noch mal erleben lässt.

Regie: *Francisco Wilando*

Animationen: *Francisco Wilando*

Soundtrack: *Gerhard Claudius*

Preis für die DVD
Euro   19,95

Soundtrack zum Buch auf CD

Der Soundtrack auf CD lässt sie die Geschichte nur musikalisch spüren und eignet sich auch sehr gut zur Entspannung.

Preis für den Soundtrack auf CD, 26,12 min.
Euro   9,95

Part 1: Signatur 1,24 min.,
Part 2: Die Erde brennt 4,13 min.,
Part 3: Auflösung der Nichtfühlenden Fühler 10,02 min.,
Part 4: Entstehung der Gefühle 7,17 min.,
Part 5: Weites Land (Wania Waat) 3,56 min.

Porto und Verpackung im Inland, jeweils
Euro   2,50

Zu bestellen bei:

Francisco Wilando
Deubacherstr. 6
86420 Diedorf

oder E-Mail an:

webmaster@wilando.de